AF457662

UTILITÉ DES EAUX MINÉRALES TRANSPORTÉES

CAUTERETS

(HAUTES-PYRÉNÉES)

SOURCES DE LA RAILLÈRE, CÉSAR & MAUHOURAT

PAR

Le Dr A. COMANDRÉ
MÉDECIN AUX EAUX DE CAUTERETS
ANCIEN MÉDECIN DES ÉPIDÉMIES, ETC., ETC.

PARIS
J.-B. BAILLÈRE ET FILS
LIBRAIRES DE L'ACADÉMIE IMPÉRIALE DE MÉDECINE
19, rue Hautefeuille, 19

1868

Imprimerie CAYER et Ce, rue Saint-Ferréol, 57

AVANT-PROPOS

L'opuscule que nous offrons aujourd'hui est la reproduction intégrale des articles que nous avons publiés dans le journal *Le Sud Médical.*

Nous répondons ainsi aux désirs qui nous ont été exprimés, par des confrères, dans les diverses villes de France que nous avons visitées cette année. Nous commençons ainsi la tâche que nous nous sommes imposée d'une étude des indications et contre-indications des principaux groupes d'eaux minérales dans leur emploi à domicile.

Nous ne saurions trop renouveler l'appel que nous avons fait aux Médecins : de vouloir bien nous faire part des résultats de leur pratique, pour nous seconder dans une œuvre qui a pour but de vulgariser une médication éminemment utile.

Cauterets, 3 juin 1868.

UTILITÉ DES EAUX MINÉRALES TRANSPORTÉES

CAUTERETS

(HAUTES-PYRÉNÉES)

SOURCES DE LA RAILLÈRE, CÉSAR ET MAUHOURAT

La facilité des communications et des transports a rendu générale la médication par les eaux minérales. Ces précieux moyens thérapeutiques, les meilleurs assurément et de beaucoup que l'on ait à opposer aux maladies chroniques, forts des cures qu'ils procurent tous les ans dans les stations qui les possèdent, ont éveillé l'attention des thérapeutistes, qui se sont préoccupés de savoir si l'on ne pourrait les utiliser à domicile.

L'analyse chimique a répondu. Il est bien reconnu aujourd'hui que, dans certaines conditions de captage et d'embouteillage, un grand nombre d'eaux de sources peuvent être transportées sans subir d'altération.

Il y a lieu de s'étonner que cette médication par les eaux minérales transportées ne prenne pas une extension plus rapide. La simple analogie devrait y conduire.

Les établissements hydrothérapiques grandissent tous les jours en nombre et en succès. Les cures s'y multiplient. Et cependant ils n'ont pour eux que l'eau douce. Mais le mode, la forme, l'intelligence de l'emploi de cette substance, à propriété une et toujours la même, suffisent pour fournir des cures auxquelles on ne saurait, dans certains cas, refuser la qualification de merveilleuses.

Eh bien! lorsque les eaux minérales ont à leur disposition aussi les modes, les formes, les intelligences pour leur emploi, et qu'elles ont de plus des propriétés qui sont aussi variées que les sources le sont elles-mêmes; que ces propriétés spéciales, bien reconnues aux stations, constituent un foyer de richesses thérapeutiques que l'hydrothérapie simple leur enviera toujours, qu'attendrait-on plus longtemps pour diriger sur cette médication des études qui viendraient la féconder encore?

Sans nous permettre aucune critique, on peut dire que la médication hydro-minérale à domicile en est aujourd'hui où en était l'hydrothérapie entre les mains de Prietnitz avant que les docteurs Fleury et tant d'autres ne vinssent la rendre rationnelle.

Nous n'ignorons pas que tous les jours on fait usage sans ordre, ou sur l'ordonnance de médecins, des eaux minérales transportées; mais comment en fait-on usage? Il faut bien le dire : on a vu arriver dans les pharmacies des formules ainsi rédigées : « Eau minérale de Vichy, une bouteille. » Et de quelle source? Est-ce donc indifférent? Demandez plutôt aux praticiens qui exercent près de la station!

Cette importante branche de la thérapeutique des maladies chroniques a besoin d'être étudiée, de prendre une forme, un corps, de se constituer enfin sur des bases rationnelles comme s'est constituée l'hydrothérapie elle-même. Non qu'il faille en faire un système (nous ne les aimons pas), mais bien une méthode thérapeutique qui prendra le légitime rang qu'elle mérite, qui fixera au besoin l'attention et absorbera les instants d'hommes spéciaux. Ce ne sera point trop. Son champ est assez vaste pour avoir droit de prétendre aux mêmes honneurs que l'hydrothérapie et que tant d'autres méthodes thérapeutiques qui ne portent pas dans leurs flancs les bienfaits que la médication thermale à domicile est appelée à répandre. C'est à ce but que tendront cet opuscule et ceux qui pourront le suivre.

Nous parlerons d'abord des eaux de Cauterets, qui nous ont rendu la santé. Ces heureux effets, obtenus par nous, donneront peut-être quelque crédit à nos paroles. D'ailleurs, bientôt les praticiens pourront dire si nous sommes dans le vrai.

Quoique la station de Cauterets renferme près de vingt sources différentes, on n'a encore exporté que les eaux des sources de la *Raillère*, de *César* et de *Mauhourat.*

MM. Filhol et Lefort, l'un à Toulouse, l'autre à Paris, ont en même temps expérimenté sur ces eaux gardées en bouteilles depuis un an, et ont reconnu que la perte d'un dixième de leur sulfuration ne saurait constituer une altération chimique. C'était, dans tous les cas, une condition indispensable pour engager à en user.

Cela acquis, c'est à l'expérimentation clinique à confirmer les légitimes présomptions que l'on devait avoir. Pour nous et sur notre personne même, l'expérience a eu lieu et la conviction nous est restée. A cette heure, d'ailleurs, nous ne sommes pas seul à penser ainsi. Nous ne doutons pas que les praticiens qui voudront en faire usage n'aient bientôt à s'en louer en obtenant des cures qu'ils demandent vainement aux autres agents de la matière médicale.

Des divers modes d'emploi des eaux de Cauterets transportées.

La *Raillère* a une réputation européenne à laquelle nous ne saurions rien ajouter. Elle s'adresse aux diverses maladies chroniques des organes sus-diaphragmatiques. On l'exporte en bouteille, demi et quart, on en use en boisson, en gargarismes et en pulvérisation.

Avant de l'employer, il faut la ramener à une température de 40° c. environ, pour la boisson et les gargarismes, et à 45° c. pour la pulvérisation. Cette haute température dans ce dernier cas est exigée par la déperdition instantanée qui a lieu par le fait du poudroiement.

La bouteille doit être immergée, toute bouchée, dans de l'eau froide, dont on élève graduellement la température au degré voulu. Il n'y a pas à redouter une casse par suite de la dilatation du liquide sous l'effet de la chaleur; car, cette eau ayant été mise en bouteille à une température égale à celle à laquelle on veut la ramener, elle a, par le refroidissement et sa condensation, laissé un vide au-dessous du bouchon, vide qui est repris quand elle se dilate de nouveau par la chaleur artificielle.

BOISSON. — L'eau de la *Raillère* et celle de *César* sont prescrites à la dose de 1/4, 1/3, 1/2, 3/4 de verre; rarement à la dose d'un verre plein. Il est même des cas où il faut compter par cuillerées. Elle est prise le matin à jeun, soit seule, soit coupée avec un peu de lait, ou avec un sirop approprié au cas que l'on traite. Le surplus du contenu de la bouteille est employé en gargarismes que l'on doit modérer plus ou moins selon les individualités.

L'eau de la *Mauhourat* ne s'emploie guère qu'en boisson; quelquefois, cependant, en lavements. — En boissons, on la prescrit à la dose d'un demi ou d'un verre pris le matin à jeun. On peut même aller jusqu'à deux verres; mais généralement le reste de la bouteille est consommé dans la journée, aux repas, coupé avec du vin. Cette eau ne le trouble pas et ne lui donne aucun mauvais goût. On en use sans la faire chauffer ; mais il n'y aurait aucun inconvénient à élever sa température. Elle est légère à l'estomac et d'une facile digestion.

PULVÉRISATION. — Pour la pulvérisation, on se sert des petits appareils de MM. Salles-Girons, Luer ou autres. On les trouve généralement dans les entrepôts des eaux minérales. Ces mêmes appareils servent aussi aux douches pharyngiennes (1).

Cette question de la valeur des pulvérisations, si controversée, ne soulève pas le moindre doute pour nous. Vainement, par des expériences ingénieuses, parviendra-t-on à prouver que la poussière liquide pénètre plus ou moins avant dans les tuyaux aériens, et argüera-t-on de là sur son plus ou moins de puissance curative, l'expérience clinique faite sur nous et bien d'autres, nous fait reconnaître que cette aspiration des poudres liquides, quelles que soient leurs voies d'action plus ou moins topiques, est d'un effet utile, certain, et dont les premiers résultats ne se font pas attendre.

En admettant même, ce qui est encore contesté, que les principes sulfureux des eaux ne pénètrent que jusqu'au pharynx et au larynx et nullement dans les ramifications bronchiques, et encore moins dans les capillaires et les vésicules, peut-on en argüer que la pulvérisation ne sera suivie d'aucune action sur le poumon ?

Ce contact immédiat dont nous comprendrions jusqu'à un certain point l'indispensable nécessité pour produire une réaction dans un laboratoire de chimie, est moins indispensable lorsqu'il s'agit de phénomènes physiologiques. En effet, outre qu'il n'est pas absolument prouvé que ce soit aux composés sulfureux des eaux que l'on doive l'effet médicateur de ces dernières, puisque les eaux du Montdore (qui ne sont pas sulfureuses) guérissent aussi des affections pulmonaires chroniques. Nous appellerons l'attention sur le fait que voici :

Les conjonctivites aiguës et chroniques étaient depuis longtemps traitées par une solution plus ou moins concentrée de nitrate d'argent portée directement sur la conjonctive malade. Aujourd'hui, on se contente d'appliquer cette solution sur la peau des paupières, loin de tout contact avec la conjonctive, et l'effet curateur n'en est pas moins certain.

(1) Nous nous préoccupons en ce moment de faire confectionner des appareils portatifs de pulvérisation, d'un prix aussi bas que possible, afin de rendre la médication accessible à tous. On les trouvera chez les entrepositaires des eaux.

Les résultats des expériences chimico-physiques ne sauraient infirmer les données de l'observation clinique.

La pulvérisation s'adresse généralement à la cavité pharyngo-laryngée, aux bronches. On peut la diriger aussi dans les fosses nasales, le conduit auditif, les yeux, les autres ouvertures du corps, enfin sur la peau elle-même dans les affections dont nous parlerons ci-après.

PETITES DOUCHES. — Le même appareil peut servir à donner de petites douches en supprimant la plaque contre laquelle se brise le jet de l'eau.

GARGARISME. — Le gargarisme est l'acte par lequel on se propose de mettre la muqueuse qui tapisse la bouche et l'arrière-bouche (cavité pharyngienne) en contact immédiat avec un liquide médicamenteux.

L'eau minérale de la *Raillère*, ainsi que celle de *César*, mise en contact avec la muqueuse du pharynx, y détermine une rougeur, une tuméfaction que l'observation a montré ne pas être sans importance sur la cure des états morbides de ces organes. Cette rougeur et cette tuméfaction y sont bien moins accentuées lorsque, pendant l'usage des eaux minérales, ce moyen n'est pas employé. Le gargarisme a donc une action pathogénétique locale qui n'est pas sans utilité pour la cure des maladies de cette région. Son importance particulière découle de ce fait.

Le laryngoscope, en permettant de voir des organes (le larynx et ses annexes) qui étaient, jusqu'à sa découverte, restés cachés pendant la vie, a permis de les surveiller pendant leurs mouvements fonctionnels et a conduit à la connaissance de faits qui sembleraient devoir modifier l'opinion que l'on avait sur les propriétés vitales et la sensibilité propre de ces organes.

Il s'est élevé sur ces questions une polémique dont nous avons ici à dire deux mots.

Dès que Czermak, en 1860, eut importé le laryngoscope en France, les médecins exerçant à la station de Cauterets utilisèrent cette précieuse découverte (1).

Plus tard, en 1865, un médecin a fait voir d'une manière incontestable (il répète l'expérience, on pourrait dire, tant qu'on veut) qu'il peut faire arriver un liquide dans la cavité propre

(1) Un de ces médecins s'est flatté dans le journal *Le Sud Médical*, n° du 1er mai 1868, d'avoir importé, en 1862, le laryngoscope à Cauterets. C'est au moins une erreur ; car le Dr Gigot-Sicard, lors de notre arrivée, un an avant à cette station, appliqua sur nous-même le miroir de Liston.

du larynx, et le laisser reposer sur le plancher sus-glottique formé par les cordes vocales rapprochées pendant tout le temps qu'il peut retenir sa respiration.

De cette aptitude toute personnelle, il a voulu déduire une méthode de gargarisme qui aboutirait à pouvoir permettre à chacun, ou du moins au plus grand nombre, de faire pénétrer l'eau minérale dans la cavité laryngée.

Au premier abord, on est tenté de croire que le système aboutit; mais, malheureusement, on le voit s'évanouir devant une expérience bien simple et tout-à-fait concluante. Cette expérience consiste à se gargariser, d'après la méthode indiquée, avec un liquide coloré, et examiner immédiatement après le larynx au moyen du laryngoscope. On reconnaît immédiatement que, si la cavité pharyngienne a pris la couleur du liquide du gargarisme, la cavité laryngée sous-épiglottique a conservé sa couleur rosée normale.

Dans tous ses écrits, l'auteur de la nouvelle méthode ne cite pas une seule observation, prise sur d'autres que sur lui-même, qui puisse établir que la coloration désirée ait été obtenue jamais. D'un autre côté, les laryngoscopistes les plus habiles, tels que le Dr Burguet, à Bordeaux, déclarent n'avoir jamais pu arriver à colorer l'intérieur de la cavité sous-épiglottique avec la méthode de gargarisme prônée par son auteur.

Cette méthode de gargarisme n'arrive donc point à faire baigner, chez d'autres que chez son auteur, la cavité laryngée circonscrite par les cordes vocales en bas et le plancher sous-épiglottique en haut. Elle n'a donc point l'utilité thérapeutique spéciale.

Toutefois, l'insensibilité absolue et incontestable du larynx de son auteur, insensibilité qui va (c'est certain) jusqu'à supporter le contact d'un liquide et même d'un solide dans des conditions spéciales d'insalivation (mie de pain mâchée) restera un fait digne d'être enregistré dans les *Éphémérides des curieux de la nature*, mais rien de plus. Quel que soit le mirage dont cette aptitude puisse fasciner l'esprit, il faut reconnaître que la thérapeutique n'ya rien acquis et n'a rien à en attendre, et que les malades et les médccins seraient dans une erreur profonde. s'ils pensaient arriver à baigner avec l'eau du gargarisme des parties qui restent toujours à l'abri de son contact, quelle que soit la manière de se gargariser que l'on emploie.

Cela dit, voici le mode de gargarisme que nous conseillons comme le plus propre à baigner le plus de parties possible :

1° Un premier exercice consiste à pouvoir retenir son poumon plein d'air, tout en ouvrant et fermant la bouche à volonté Ceci bien compris, le plus fort est fait;

2° Le poumon mis dans ces conditions, l'eau est introduite dans la bouche, le corps et la tête étant maintenus dans une rectitude parfaite. On élève alors très légèrement le menton et l'on produit dans le gosier l'effort qui y a lieu dans l'acte du vomissement. Par cet effort, le gosier s'ouvre et, par son propre poids, l'eau qui est dans la bouche y descend et baigne toute la cavité pharyngienne. Il importe, en ce moment, de retenir tout mouvcment de déglutition et d'éviter toute aspiration d'air;

3° Quand le besoin de respirer devient irrésistible, on incline fortement la tête en avant et en bas. Par suite, la cavité de la bouche se met à un niveau inférieur à celle du gosier, et l'eau passe de cettte dernière cavité dans la première qui l'expulse à volonté. Il arrive souvent que l'eau sort en grande partie par le nez. Rien ne prouve mieux que l'on a bien opéré. L'effet médicateur a lieu sur la muqueuse du larynx et des bronches par continuité de tissu.

Le gargarisme peut être continué pendant plusieurs jours; mais il faut en surveiller les effets sur le larynx.

Injections. — Outre son opportunité dans les affections des voies respiratoires, l'eau de *César* transportée est employée avec succès dans les maladies utérines en injections.

Un irrigateur ordinaire armé d'un bout en caoutchouc ou métallique pour injections vaginales peut suffire à la rigueur; mais nous ne connaissons pas d'appareil mieux approprié que celui du Dr Salamon, connu sous le nom de *chaise dc toilette.* Au moyen de cet appareil, on peut avec de très petites quantités d'eau (un verre), faire des injections pendant tout le temps que l'on veut, la même eau pouvant revenir.

Quel que soit l'appareil dont on se serve, afin que toute la muqueuse vaginale soit bien détergée, il est nécessaire d'appliquer un spéculum en grille.

Lotions. — Enfin on emploie encore ces eaux en lotions, applications de compresses imbibées, etc., sur les ulcères, les dartres et pour déterger certaines plaies et fistules.

Indications et contre-indications.

I

INDICATIONS TIRÉES DES CARACTÈRES GÉNÉRAUX DES MALADIES.

Il n'est pas d'eau minérale dont l'indication d'emploi se présente dans les maladies aiguës. Si l'on en excepte quelques sources à compositions salines purgatives, qui pourraient être utilisées pour déterminer des évacuations alvines dans certaines conditions de maladies fébriles, on peut reconnaître que les eaux minérales ne sont généralement propres qu'à la cure des maladies chroniques. Ceci est une conséquence de leur mode d'action. Quand on analyse les phénomènes qui suivent leur administration, on constate généralement que leur pathogénésie se caractérise par des symptômes d'excitation générale des divers systèmes de l'économie. Ce n'est donc logiquement que dans les états morbides, où cette excitation fait défaut, que les eaux minérales peuvent recevoir une appropriation utile.

Toutefois, cette propriété excitative n'a rien d'absolu. Il faut reconnaître qu'il y a des sources qui méritent réellement la qualification d'*hyposthénisantes*, de *sédatives*. Non qu'elles soient des antiphlogistiques, dans l'acception donnée à ce mot, mais elles font céder des états d'*éréthisme* qui sont plutôt l'effet du système nerveux que de la circulation.

Ces sources sont en nombre minime relativement à la généralité des autres. Leur rareté ne les rend que plus précieuses, et leur utilité les recommande à une étude spéciale. Cauterets en possède une, vrai type du genre. C'est la source *Rieumiset*, qui a le précieux avantage d'amener la sédation des états fébriles produits souvent par l'usage intempestif des autres sources de cette riche station. Nous pourrons revenir sur ses vertus toutes spéciales.

C'est donc aux maladies chroniques seules que les eaux minérales en général, et spécialement les trois sources de Cauterets, actuellement transportées, savoir : *Raillère*, *César* et *Mauhourat*, doivent être appliquées. Et encore faut-il, pour le plus utile profit de leur action, que ces états morbides chroniques ne revêtent, même accidentellement, aucun caractère d'acuité.

Un catarrhe aigu, qui serait venu se greffer sur une bronchite chronique ; un coryza qui surviendrait dans un cas de laryngite granulée ; une de ces exacerbations fébriles, quasi-mensuelles et périodiques, que l'on observe chez les personnes à poitrine délicate, commanderaient tout au moins un retard dans l'emploi de l'eau minérale. Il serait rationnel, sage et prudent d'attendre que ces accidents ou ces complications passagères de l'affection fondamentale fussent complètement dissipés.

Quelles que soient, en effet, les idées doctrinales qui dominent l'esprit du praticien, il ne saurait méconnaitre que, dès que survient dans l'organisme une cause accidentelle de trouble, celui-ci réagit avec une force qui lui est propre, qu'on n'est pas plus en droit de nier qu'on n'est autorisé à en faire une *entité*. Ces phénomènes de réaction, ces symptômes morbides sont forts ou faibles, vifs ou lents. L'observateur qui s'est appliqué à étudier la physiologie pathologique, voit vite si ces phénomènes morbides sont normaux et permettent d'espérer une guérison. Dans le cas de manifestation trop grande de cette réaction, c'est à tout autre moyen qu'aux eaux minérales que doit recourir le praticien ; mais, au cas où il y a défaut d'énergie, c'est bien à elles qu'il peut faire appel avec confiance pour apporter en aide à cette force médicatrice le puissant secours de la médication thermale ; pour donner aux phénomènes morbides l'énergie nécessaire, afin d'arriver à une cure plus ou moins prochaine et radicale.

On peut donc considérer comme une loi de thérapeutique générale de n'employer les trois sources de Cauterets dont il est actuellement question que dans les états apyrétiques.

Le nom de la maladie, son siége, sa nature, sa cause, sa période, son peu de gravité, son danger, ne sauraient rien changer à ce principe, en quelque sorte absolu, de thérapeutique hydrominérale générale.

Ainsi, l'observation clinique nous montre souvent des mouvements fébriles dans les degrés bien divers de la phthisie. Souvent, alors qu'il n'y a ni râles, ni craquements perceptibles à l'auscultation dans le parenchyme pulmonaire, il existe chez le malade des redoublements fébriles périodiques qui en imposent pour des fièvres intermittentes régulières et amènent, vu leur caractère, à l'emploi de l'anti-périodique. Dans ces circonstances, l'eau de Cauterets ne saurait être indiquée avant que ces exacerbations aient complètement cessé.

D'autre part, des phthisiques dont la maladie se révèle à l'auscultation par des râles divers, des craquements, alors même que le diagnostic des cavernes n'est point douteux, ne présentent, malgré ces désordres locaux, aucun mouvement fébrile, aucun caractère d'exacerbation. L'usage de l'eau minérale, dans ce cas, ne saurait être d'un mauvais effet.

Ce n'est pas assurément que, d'ordinaire, les affections chroniques de poitrine se présentent avec des caractères aussi tranchés ; mais nous mettons ces types en parallèle pour mieux faire sentir la nuance des indications.

Les premières indications, les plus importantes, les plus souveraines, doivent donc être puisées dans la pathologie générale. Elles devront toujours dominer et subordonner celles que l'on pourra tirer de la pathologie spéciale sur lesquelles nous allons bientôt porter notre attention.

Quoique nous ayons arrêté en principe que les eaux de Cauterets, qui nous occupent actuellement, ne sont applicables que dans les maladies chroniques, nous ne devons pas taire leur opportunité à la suite des maladies aiguës, dans cette période apyrétique, qui peut être considérée comme une véritable transformation de ces maladies, transformation qui leur a donné tous les caractères des maladies chroniques. Ces états nouveaux n'échappent à aucun praticien, c'est une période où généralement se présente, dans la médication usuelle pharmaceutique, l'emploi des toniques, des réconfortants. Nous allons en signaler quelques-unes. Cela suffira pour donner un corps à notre pensée.

A la suite de catarrhes, de coryzas, d'esquinancies, d'angines couenneuses, de croups, les muqueuses qui tapissent les divers organes des fosses nasales, de l'arrière-gorge et du larynx, sont souvent le siége d'érosions, d'ulcérations, d'indurations, qui s'étendent même à des couches plus profondes des tissus. Les amygdales sont boursouflées, les cartilages laryngés sont ulcérés, les cornets des fosses nasales se carient et occasionnent des ozènes, des phthisies laryngées..., maladies nouvelles, d'un danger moins imminent, mais d'une cure plus longue, plus difficile à obtenir. Les malades ont peine à avaler, respirent du nez avec plus ou moins de difficulté, la déglutition est pénible, n'a pas lieu sans une sensation de cuisson, d'ardeur, de sécheresse ; la voix est rauque, stridente, nazillarde ; l'expectoration fournit des crachats à stries jaunes et avec filets de sang. — Le laryngoscope permet de voir des granulations, une muqueuse variqueuse, ulcérée même.

Dans ces circonstances, le pouls n'est plus fébrile ; c'est plutôt un état passif. L'orage a cessé, mais les ravages sont là.

C'est le moment opportun d'emploi des eaux en question. Les résultats seront réellement surprenants. En peu de jours on verra, sous l'influence du traitement hydro-minéral, les granulations disparaître, les amygdales se dégorger, les stries variqueuses s'effacer, la couleur rosée normale de la muqueuse reparaître, l'expectoration avoir un meilleur aspect, la voix reprendre son timbre, etc., etc.

A la suite des fièvres graves, typhoïdes, par exemple, il arrive souvent qu'aucun organe ne reste plus spécialement affecté; mais tout l'organisme est comme anéanti par le fait de la maladie terrible qui vient de s'évoluer. Une faiblesse générale, de l'inquiétude, un goût dépravé, sont des symptômes communs qui dominent. Les eaux de Cauterets seront ici souveraines pour rendre le ton à cet organisme, pour lui fournir ce remontement général dont parlent tous les auteurs qui ont écrit sur ces sources.

Le choix de la source de cette riche station sera déterminé par les divers organes qui pourront être affectés. Ceci nous amène à parler des indications spéciales.

II

INDICATIONS TIRÉES DE LA SPÉCIALITÉ DES MALADIES.

Les diverses sources de Cauterets ont toutes des actions électives spéciales. C'est ce que le groupement d'un grand nombre de faits a établi depuis longtemps et ce que l'observation vient confirmer chaque année. Nous ne saurions ici nous étendre sur une question aussi importante. Il faut en accepter le fait sans en discuter la cause, qui, d'ailleurs, nous échappe encore.

Indications des eaux de la Raillère. — Nous avons dit que l'eau de la *Raillère* agissait spécialement sur les organes de la cavité sus-diaphragmatique. On peut la considérer même comme souveraine dans les maladies des premières voies respiratoires. Ainsi, les laryngites, les pharyngites granulées ou autres, les amygdalites, sont au premier rang parmi les affections que les eaux de la Raillère guérissent bien. Lorsque ces maladies sont dans les conditions apyrétiques que nous avons reconnues nécessaires pour rendre l'emploi de l'eau minérale opportun, on peut dire que l'eau de la Raillère agit en véritable spécifique. C'est avec toute confiance que l'on peut administrer cette source. Il y aura rarement déception dans le résultat.

Il restera toujours assurément à se préoccuper de la cause première de la maladie pour laquelle il pourra, après ce premier effet des eaux obtenu, y avoir lieu de recourir à une médication pharmaco-dynamique spéciale. Ainsi, une laryngite ou pharyngite syphilitique, qui sera depuis longtemps stationnaire et insensible à toute médication spécifique, sera modifiée par les eaux, de telle sorte que les spécifiques, administrés après, auront une action efficace et conduiront à une cure qu'on leur réclamait vainement avant l'emploi de l'eau minérale. C'est ce que le Dr Filhol a très bien exposé dans son *Traité sur les eaux minérales des Pyrénées.*

Une autre cause, l'herpétisme, peut encore tenir sous sa dépendance l'affection laryngée. Le laryngoscope montre les granulations, mais ne dit rien du principe herpétique latent depuis longues années, au point que mémoire de lui s'est effacée. La surprise est grande quand, après l'usage de l'eau minérale en question, l'observateur voit l'affection laryngée disparaître, mais une dermatose se produire sur tel ou tel point des téguments extérieurs ; c'est ce que nous avons pu observer sur nous-même et ce que nous avons longuement relaté dans nos *Etudes sur les eaux de Cauterets* (1).

Cette modification obtenue, il y a lieu souvent à avoir recours à un autre moyen médicateur que l'on trouve souvent dans la station minérale elle-même. Dans l'espèce, la source de *Pauzevieux* se montrera utile.

Les motifs, les raisons de ces déplacements, de ces demi-guérisons, que notre esprit serait si avide de posséder, sont encore un secret et le seront peut-être longtemps encore. Il faut et il faudra se contenter de constater le fait. Heureusement que cette constatation, sans autres commentaires, suffit au praticien pour passer outre et arriver à la cure, but final qu'il se propose.

Les maladies des secondes voies respiratoires, les *bronchites*, les *bronchorrées*, l'*asthme humide* peuvent aussi trouver dans l'eau de la Raillère un secours qui, pour être moins souverain, ne le cède à aucunes autres eaux sulfureuses. Les cures obtenues en médecine vétérinaire chez les chevaux rendus poussifs et catharreux par la monte, répondent haut à toutes négatives, plus ou moins spécieuses, qui tendent à jeter du doute sur l'importance de ce moyen curateur.

Combien de personnes qui, au lieu d'avoir recours à des po-

(1) *Études sur les eaux minérales de Cauterets* (1868).

tions, à des loochs, à des pâtes dites pectorales, connaissent bien la valeur des eaux de la Raillère et leur action réellement spécifique, combattent avec bien plus de succès les suites d'un catarrhe pendant la saison d'hiver avec quelques verres de cette eau, prise seule ou coupée avec du lait une ou deux fois par jour, selon leur tolérance propre. Ce traitement convient surtout aux malades débilités dont l'estomac ne fonctionne pas. Les béchiques fatiguent cet organe ; les eaux de la Raillère en ravivent les fonctions languissantes par leur effet tonique.

Les bronchorrées présentent souvent et traînent à leur suite tous les symptômes concomittants de la phthisie tuberculeuse. L'expectoration prend des caractères purulents. L'abondance de la sécrétion épuise les forces du malade par la déperdition considérable de matière qui s'effectue. Le malade voit à la longue ses forces l'abandonner ; les diverses fonctions s'altérer ; les sueurs nocturnes elles-mêmes viennent aider à faire croire à une tuberculose. Ce sont les véritables phthisies muqueuses que Laennec, Bayle et autres ont parfaitement reconnues, que les autopsies ont confirmées. C'est cette maladie qui nous atteignait à l'âge de 14 ans, ainsi que nous l'avons narré dans nos *Etudes sur les eaux de Cauterets*. C'est ce même état que nous pûmes constater en 1850 chez un père de famille, M. F... de L..., professeur de musique à Nîmes. L'expectoration purulente, les sueurs nocturnes, la diarrhée, rien ne manquait, sauf les cavernes, pour en avoir imposé à plusieurs de nos confrères, qui ne doutaient plus d'une tuberculose au troisième degré. Ce reconnaissant malade nous remercie encore (18 ans après) d'une guérison qu'il doit bien plutôt à la nature de son affection qu'à nos soins.

Eh bien ! dans ces circonstances, l'effet des eaux prend un caractère de certitude mathématique.

Les phthisies tuberculeuses elles-mêmes peuvent être considérablement amendées, même guéries, par l'emploi de la Raillère. Il importe de bien saisir les circonstances où l'emploi peut être efficace.

Ainsi, la présence des tubercules crus dans le parenchyme éveille toujours une irritation plus ou moins vive des tubes capillaires aériens. Ceux-ci deviennent le siége d'un engouement, d'un flux catharral plus ou moins intense, toujours susceptibles d'être réduits par l'action des eaux minérales. Ce résultat obtenu, les tubercules peuvent rester stationnaires, crétacés et s'envelopper d'une membrane qui les isole sous forme de kyste.

L'asthme est encore une affection qui peut retirer de l'eau de *la Raillère* les meilleurs effets. Pour en saisir et préciser les indications, il importe de bien s'entendre sur les divers modes de cette affection.

L'asthme peut être rattaché à diverses causes. Une hypertrophie du cœur, un anévrisme pouvant produire des symptômes d'asthme contre lesquels les eaux en question ne sauraient être assurément d'aucun effet utile. Disons-même qu'elle ne pourraient qu'être nuisibles.

L'asthme, qui est la conséquence d'une *métastase*, d'un *état catarrhal*, de l'*atonie* du poumon, est susceptible d'être parfaitement amendé. Voici comment on peut comprendre l'effet salutaire obtenu.

Quelle que soit celle de ces causes qui soit en action, que se passe-t-il dans le parenchyme respiratoire? Un mouvement fluxionnaire sans fièvre, avec dyspnée extrême a lieu vers le poumon; le malade reste un temps variable sous l'étreinte de ce travail et tout se résout par une expectoration plus ou moins abondante de mucosités plus ou moins épaisses. La répétition de ces phénomènes finit par affaiblir l'élasticité des acini, des capillaires. Une sorte d'infiltration séreuse pénètre le parenchyme. L'eau minérale, par ses propriétés tonifiantes et son action élective sur l'organe en question, non seulement remédie à cet état atonique acquis, mais fournit à l'organe une tenacité qui ne lui aide pas peu à mieux supporter les crises futures, à mieux en triompher.

Outre cet effet direct, il nous suffira de dire que les eaux agiront indirectement sur le phénomène asthmatique en s'adressant par leurs propres vertus à sa cause arthritique, rhumatismale, ou venant d'une suppression des fonctions cutanées.

Enfin, l'hémopthysie elle-même peut offrir des indications à l'emploi des eaux de *la Raillère*.

Toutes les hémopthysies ne sont pas liées à des hypertrophies du cœur ou à des anévrismes; toutes ne sont pas dues à des ruptures de vaisseaux plus ou moins volumineux par suite de vomiques. La muqueuse des tubes aériens peut fournir une exsudation sanguine comme la muqueuse nasale, intestinale et autres. Ces phénomènes ne sont pas rares dans certains cas de débilité générale, de scorbut, d'anémie chlorotique. Une muqueuse bronchique qui a été longtemps le siége d'affections catharrales, de sécrétions muqueuses, peut devenir lâche, boursouflée et permettre des exsudations sanguines qui ne proviennent que de sa débilité.

Il suffit d'indiquer ces états, pour faire comprendre de quelle utilité peuvent être les eaux qui nous occupent.

La suppression du flux menstruel hémorrhoïdal, peut donner lieu à des exsudations sanguines bronchiques qu'on ne saurait combattre mieux qu'avec ces mêmes eaux. Une jeune personne en condition sentit, il y a deux ans, ses forces s'amoindrir; elle maigrissait, une petite toux amenait tous les matins de la salive spumeuse et rutilante. Les règles avaient diminué. Malgré le peu de pâleur des muqueuses, nous jugeâmes convenable, aidé des conseils d'un honorable confrère, de lui donner du fer. Il fut mal supporté. Nous étions en pleine saison balnéaire à Cauterets, quinze jours de boisson à la Raillère mirent fin à ces accidents, et l'embonpoint ordinaire revint.

Résumons-nous en disant que toutes hémopthysies passives réclament les eaux de la Railliere, en tenant bien compte dans leur emploi de ce que nous avons dit, à l'article des indications fournies par la pathologie générale, qui devra toujours servir de guide.

Indications des eaux de César. — Nous croyons devoir rappeler au lecteur, que nous ne nous occupons ici que des eaux de Cauterets transportées, et que nous devons passer sous silence, toutes les indications pouvant se présenter; elles ne sauraient être remplies qu'à la station elle-même, où sont réunies les installations désirables pour répondre aux besoins divers.

Toute la vaste classe des rhumatismes, la majeure partie des dermatoses nous échappent donc; mais, voici encore bien des cas auxquels les eaux de *César* apporteront soulagement et cure à domicile.

Parlons d'abord des bons effets de ces eaux dans les maladies chroniques de poitrine. Vertus précieuses! qu'elles ne viennent point disputer aux sources de *la Raillère*, mais qui leur permettent dans certaines circonstances, de prendre part aux mérites de cette dernière.

Chimiquement, *César* se distingue surtout de *la Raillère* par quelques degrés de plus. de sulfuration et une température plus élevée (48° c.). Ces deux causes l'ont fait préférer pour l'installation des appareils de pulvérisation.

Relativement à la cure des maladies de poitrine, elle est une succédanée de *la Raillère*. Son action élective se produit sur les glandes, les viscères et les organes genito-urinaires.

Les règles de son emploi, relativement à la pathologie générale, sont les mêmes que celles que nous avons exposées ci-dessus pour les trois sources qui nous occupent. Il ne nous reste donc qu'à examiner les indications qui peuvent ressortir de la spécialité des maladies.

Sans oser l'affirmer d'une manière trop absolue, il semblerait qu'en général, cette source conviendrait mieux à des constitutions à fibre molle, apathiques, peu impressionnables, torpides. Il est incontestable que les vieillards la supportent mieux en boisson que les jeunes personnes. Ces eaux sont-elles, comme on l'a dit, plus fortes, plus excitantes? Ce sont des expressions fort usuelles qui ne disent guère rien, qu'en présence de la maladie à combattre.

Les catarrhes à sécrétion abondante, liés à des états herpétiques, rhumatismaux ou goutteux, sont mieux modifiés par ces eaux, que par celles de *la Raillère*. Les asthmes humides les préfèrent.

Il n'est pas sans exemple de voir les eaux de *la Raillère*, après avoir produit de bons effets, cesser leur action salutaire. On dirait que l'organisme en a pris l'habitude et ne se laisse plus impressionner par elles. Ce fait n'a rien de surprenant; on le constate généralement pour tous les remèdes. Dans ces circonstances, il est opportun de faire appel aux eaux de la source *César;* sous leur action, l'effet curatif reprend et continue.

Les eaux de la source *César* transportées, peuvent être utilisées pour combattre des engorgements glandulaires et viscéraux. Il n'est pas rare de voir des engorgements du foie, de la rate, fondre en quelque sorte sous l'action de la simple boisson de ces eaux. Les adénites cervicales connues sous le nom d'écrouelles, pourront recevoir avec avantage des douches locales, au moyen de petits appareils pulvérisateurs portatifs. On obtiendra ainsi des résolutions que les préparations pharmaceutiques d'iode ou autres substances n'amènent pas toujours.

Certaines ophthalmies de nature scrofuleuse ou herpétique; certaines dartres de la face, des fosses nasales, devront être douchées avec cette eau pulvérisée.

Il est bien reconnu aujourd'hui, par des expériences faites concurremment avec les eaux d'Enghien, de Bonnes, que les eaux de *César* n'éprouvent par le poudroiement, qu'une perte de 8 0/0 de leur principe sulfureux, tandis que cette perte est de 66 0/0 et de 33 0/0 pour les premières citées. On peut donc compter avec elles sur un remède stable.

Elles sont d'un grand secours dans certains états des organes génitaux; notamment lorsque ces derniers ont été longtemps le siège d'inflammations spéciales dues à des virus particuliers. Les suites des maladies secrètes, les fistules qui suivent les adénites, les suintements atoniques des muqueuses de ces régions, leur devront souvent une guérison qu'ils cherchent vainement ailleurs.

Tous les flux leucorrhéiques atoniques quelles qu'en soient les causes, dès qu'il est bien établi qu'ils sont sans irritation et sous un état d'atonie, sont modifiés par ces eaux.

Nous avons déjà parlé des appareils propres dans ces cas à une application intelligente. Nous n'y reviendrons pas.

Enfin, les eaux de *César* sont encore opportunes dans les affections strumeuses qui se manifestent par des ophthalmies, des dartres humides de la face, du crâne, certaines teignes. On les applique localement, sous forme de douches liquides, ou poudroyées selon le plus ou moins de sensibilité de la partie malade, au moyen de petits appareils portatifs dont nous avons parlé.

Quel que soit le mode d'emploi de ces eaux, ou de maladie contre laquelle on en use, il faut se tenir en garde contre l'excitation vive qu'elles déterminent souvent et qui prouve bien leur action puissante.

Indication des eaux de Mauhourat. — Nous voici en présence de la dernière des sources de Cauterets dont nous ayons, à ce jour, à nous occuper. C'est celle qui, comme eau transportée, est appelée par ses vertus à une extension considérable.... immense probablement.

Elle vient se ranger à côté des eaux bi-carbonatées-sodiques, dont l'utilité dans l'exportation est assez consacrée. Comme elles, elle peut être prise comme eau de table. Nous verrons bientôt de quel puissant secours elle est, lorsque les bicarbonatées-alcalines restent sans effets.

L'expérience a prouvé que les eaux de Mauhourat ne sont point lourdes à l'estomac, qu'elles se digèrent facilement.

Dans nos *Etudes sur les eaux de Cauterets*, nous avons dit, tout en désapprouvant cette manière d'agir, que l'on voyait un très-grand nombre de baigneurs, après avoir bu à la Raillère ou à César des quantités d'eau considérables, aller encore à la source de Mauhourat, et, de leur aveu, constater qu'elle précipitait la digestion des eaux bues précédemment. Toutefois, on pourrait objecter, que les eaux de Mauhourat, peuvent bien agir ainsi en présence des autres eaux déjà ingérées, tout en étant lourdes par elles-mêmes ; mais les bons effets qu'en ressentent les personnes atteintes d'affections gastro-intestinales en ne faisant usage que d'elles seules, enlèvent toute objection.

Cette propriété d'être d'une facile digestion, permet de les boire en assez grande quantité. Il est sage toujours de n'en faire aucun abus ; de se conduire dans leur emploi avec la prudence et la circonspection qu'exige tout traitement. On pourrait souvent avoir à regretter une autre manière d'agir.

A quoi tient cette plus grande tolérance ?

La doivent-elles à leur faible sulfuration et à leur plus grande richesse en silicates de soude ? Faut-il l'attribuer à leur électivité pour l'appareil gastro-intestinal ? Cette électivité elle-même n'est-elle pas une conséquence de ces mêmes propriétés alcalines ? Questions intéressantes que nous ne pourrons approfondir ici.

Quoi qu'il en soit, les eaux de Mauhourat se conservent parfaitement. Leur faible sulfuration et l'absence de tout principe ferrugineux, ne leur laissent aucun mauvais goût et font qu'elles ne troublent point le vin. Elles sont donc acceptées sans aucune répugnance. Ceci n'est point indifférent pour un remède dont l'usage doit être continué, maintes fois assez longtemps, pour une véritable eau de table.

Après avoir tenu compte des indications ou contre-indications, fournies par la pathologie générale, qui doivent, avons-nous dit, dominer toutes les autres, le praticien, en présence d'un trouble des fonctions digestives, d'un engorgement abdominal, pourra se demander s'il ne peut pas rattacher ce mal local à un principe herpétique ou syphilitique plus ou moins ancien.

Ce soupçon aura d'autant plus de raison de s'élever dans son esprit, que le malade aura pu avoir fait usage sans succès aucun des eaux de Vals, de Vichy, de Condillac, des bicarbonatées sodiques enfin. Dans ces circonstances, il n'y a pas présomption à lui assurer un effet salutaire de l'usage de Mauhourat.

Nous aurons occasion ultérieurement de faire connaître les résultats obtenus par l'eau de Mauhourat transportée. Les observations de cette clinique seront surtout prises dans la pratique de nos confrères qui auront bien voulu faire l'application de ces eaux d'après les idées que nous venons d'émettre.

Nous nous permettrons de solliciter de la part de nos lecteurs la communication des résultats qu'ils obtiendront. Nous rendrons compte de leurs observations.

Prophylaxie.

Dans nos *études sur les eaux minérales de Cauterets*, nous avons reconnu, en citant Théophile Bordeu, que ces eaux peuvent être nuisibles et précipiter un dénouement fatal, surtout chez les personnes qu'on envoie presque mourantes et qui auraient dû user du remède depuis longtemps. Ce qui conduit à pouvoir dire : qu'elles sont d'autant plus efficaces qu'elles sont encore moins indispensables.

D'autre part, les meilleurs médecins ont toujours reconnu qu'il était plus facile de prévenir cent maladies que d'en guérir une seule. Cet adage est surtout applicable aux eaux minérales.

Il est juste de reconnaître qu'aujourd'hui, une diagnose plus hâtive des maladies qui réclament les eaux de Cauterets, aidée de la facilité des parcours, fait que les praticiens les prescrivent bien plutôt qu'ils ne le faisaient autrefois ; mais de là à aller étouffer les germes des diathèses, il y a loin. Et cependant cette pensée naît naturellement du premier pas déjà fait.

Les maladies chroniques proprement dites (qu'il ne faut pas confondre avec les maladies passées à l'état chronique) ont leurs germes dans des états constitutionnels spéciaux, leurs véritables berceaux. Si l'on veut les étouffer *in ovo*, c'est là qu'il faut aller les atteindre.— Les eaux qui nous occupent ont-elles cette vertu ?

A l'appui des faits cliniques, les phénomènes qui s'évoluent lorsqu'on les applique aux maladies confirmées, se chargent de répondre affirmativement.

Ne voit-on pas toujours l'habitus général du sujet être le premier à se modifier en bien, avant que le mal local change en rien. Ce remontement général dont parlent tous les auteurs d'hydrologie et que nous avons si souvent ressenti nous-même (1), n'indique-t-il pas que l'action minérale sur la constitution est première et la plus facile ? Il faut donc user des eaux de Cauterets dans le jeune âge, dès qu'on s'aperçoit d'une altération constitutionnelle commençante.

Il est trop commun de voir des enfants de l'un ou de l'autre sexe, issus de parents, même robustes, perdre sans cause appréciable, cette fraîcheur de teint, cette gaîté qui leur sont propres. — Des palpitations nerveuses du cœur, une toux sèche ou grasse, peu intense le plus souvent, de la diarrhée, quel-

(1) Voir la relation de notre observation personnelle dans nos *Études sur les eaux minérales de Cauterets*. Paris, 1868.

quefois fois une émaciation sans cause que l'on attribue à la croissance, au changement d'âge, sont autant de caractères qui expriment une certaine atteinte de la constitution. On doit se préoccuper, avec juste raison, de ces états qui ne sont pas encore la maladie, mais qui l'annoncent pour des temps plus ou moins proches. D'autres fois ce sont des manifestations de nature herpétique, scrofuleuse, plus caractérisées; ce sont des croûtes de lait, des othorrées, des opthalmies, des teignes, des obstructions abdominales, des diarrhées aqueuses, débilitantes et sans fièvre. On prescrit l'huile de foie de morue, des sirops de raifort, des amers, etc., dont l'estomac ne s'accommode pas toujours. Nous, nous conseillons les eaux de Cauterets et principalement la source *Mauhourat*. On aura là un remède aussi facilement accepté que puissamment efficace.

La pathologie générale nous enseigne que les maladies de l'enfance sont généralement les maladies intestinales; tandis que c'est la poitrine qui est leur siége dans l'adolescence et l'âge mûr; le cerveau dans la vieillesse. — Si donc les premières altérations des jeunes constitutions ont leur expression dans les organes abdominaux, l'action élective bien connue de la source *Mauhourat*, commande son choix.

C'est surtout dans les stations d'hiver que l'on devrait seconder l'hygiénique influence de ces milieux, par l'usage des eaux en question. Ce n'est pas déjà sans utilité que l'on y a importé l'hydrothérapie. D'après ce que nous avons dit au commencement de cet écrit, au sujet de cette dernière, on peut induire toute l'utilité que l'on peut retirer des eaux minérales dans ces séjours favorisés.

Les belles stations méditerranéennes françaises de Cannes, du golfe Jouan, d'Antibes, de Nice, de Menton, de Monaco, ne devraient pas tarder plus longtemps à joindre la médication hydro-minérale sulfureuse aux bienfaits des bains de mer et de leur insolation d'une splendeur proverbiale.

L'on est d'accord sur l'utilité de l'alternation, pendant l'été, des eaux sulfureuses avec les bains de mer dans les affections constitutionnelles diathésiques. La saison d'hiver ne peut-elle pas aussi être utilisée? Le riant séjour de Monaco possède un établissement d'hydrothérapie marine, dont l'heureux emménagement le dispute à l'élégance. Que n'est-il fréquenté davantage? De quel aide puissant n'y serait pas la médication hydro-sulfureuse, concurremment avec l'hydrothérapie, les bains de mer et le climat!...

www.ingramcontent.com/pod-product-compliance
Ingram Content Group UK Ltd.
Pitfield, Milton Keynes, MK11 3LW, UK
UKHW022202190726
13855UKWH00004B/1589